U0065130

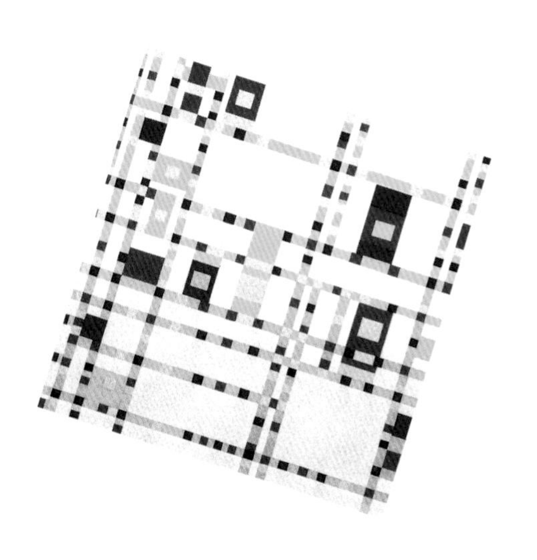

兒童文學叢書

·藝術家系列·

愛跳舞的方格子

蒙德里安的新造型

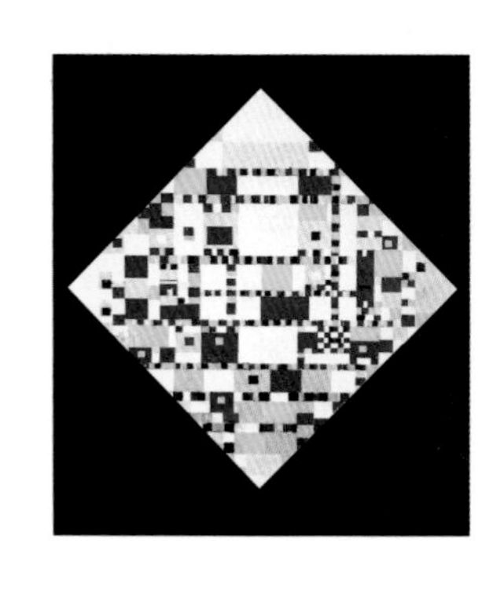

喻麗清／著

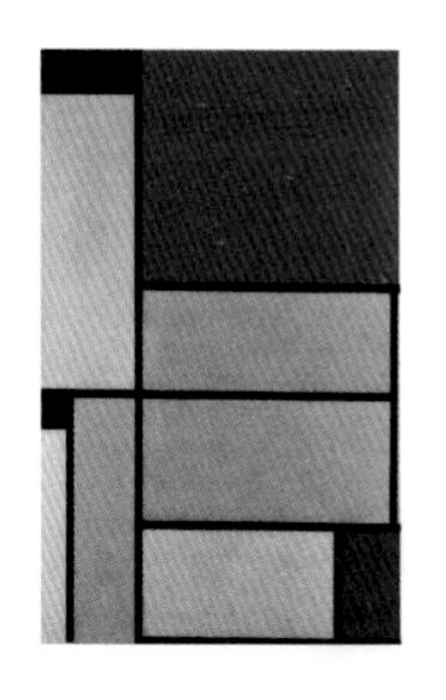

三民書局

國家圖書館出版品預行編目資料

愛跳舞的方格子：蒙德里安的新造型／喻麗清著.－－二版二刷.－－臺北市：三民，2013
面；　公分.－－(兒童文學叢書・藝術家系列)

ISBN 978-957-14-4688-2　(精裝)

1. 蒙德里安(Mondrian, Piet, 1872-1944)－傳記－通俗作品

940.99472　　95025904

 愛跳舞的方格子
——蒙德里安的新造型

著作人	喻麗清
發行人	劉振強
著作財產權人	三民書局股份有限公司
發行所	三民書局股份有限公司 地址　臺北市復興北路386號 電話　(02)25006600 郵撥帳號　0009998-5
門市部	(復北店) 臺北市復興北路386號 (重南店) 臺北市重慶南路一段61號
出版日期	初版一刷　1998年1月 二版一刷　2007年1月 二版二刷　2013年1月
編號	S 853861

行政院新聞局登記證局版臺業字第〇二〇〇號

ISBN　978-957-14-4688-2　(精裝)

http://www.sanmin.com.tw　三民網路書店

※本書如有缺頁、破損或裝訂錯誤，請寄回本公司更換。

閱讀之旅

很早就聽說過藝術大師米開蘭基羅、梵谷、莫內、林布蘭、塞尚等人的名字；也欣賞過文學名家狄更斯、馬克·吐溫、安徒生、珍·奧斯汀與莎士比亞的作品。

可是有關他們的童年故事、成長過程、鮮為人知的家居生活，以及如何走上藝術、文學之路的許許多多有趣故事，卻是在主編了這一系列的童書之後，才有了完整的印象，尤其在每一位作者的用心創造與撰寫中，讀之趣味盈然，好像也分享了藝術豐富的創作生命。

為孩子們編書、寫書，一直是我們這一群旅居海外的作者共同的心願，這個心願，終於因為三民書局的劉振強董事長，有意出版一系列全新創作的童書而宿願得償。這也是我們對國內兒童的一點小小奉獻。

西洋文學家與藝術家的故事，以往大多為翻譯作品，而且在文字與內容上，忽略了以孩子為主的趣味性，因此難免艱深枯燥；所以我們決定以生動、活潑的童心童趣，用兒童文學的創作方式，以孩子為本位，輕輕鬆鬆的走入畫家與文豪的真實內在，讓小朋友們在閱讀之旅中，充分享受到藝術與文學的廣闊世界，也拓展了孩子們海闊天空的內在領域，進而能培養出自我的欣賞品味與創作能力。

這一套書的作者們，都和我一樣對兒童文學情有獨鍾，對文學、藝術更是始終懷有熱誠，我們從計畫、設計、撰寫、到出版，歷時兩年多才完成，在這之中，國內國外電傳、聯絡，就有厚厚一大冊，我們的心願卻只有一個——為孩子們寫下有趣味、又有文學性的好書。

當世界越來越多元化、商品化的今天，許多屬於精神層面的內涵，逐漸在消失、退隱。然而，我始終牢記心理學上，人性內在的需求——求安全、溫飽之後更高層面的精神生活。我們是否因為孩子小，就只給與溫飽與安全，而忽略了精神陶冶？文學與美學的豐盈世界，是否因為速食文化的盛行而消減？這是值得做為父母的我們省思的問題，也是決定寫這一系列童書的用心。

我想這也是三民書局不惜成本、不以金錢計較而決心出版此一系列童書的本意。在我們握筆創作的過程中，最常牽動我們心思的動力，就是希望孩子們有一個愉快的閱讀之旅，充滿童心童趣的童年，讓他們除了溫飽安全之外，從小就有豐富的精神食糧，與閱讀的經驗。

最令人傲以示人的是，這一套書的作者，全是一時之選，不僅在寫作上經驗豐富，在藝術上也學有專精，所以下筆創作，能深入淺出，饒然有趣，真正是老少皆喜，愛不釋手。譬如喻麗清，在散文與詩作上，素有才女之稱，在文壇上更擁有廣大的讀者群；陳永秀與羅珞珈，除了在兒童文學界皆得過獎外，翻譯、創作不斷，對藝術的研究與喜愛也是數十年如一日用功勤學；章瑛退休後專心研習水墨畫，還時常歐遊四處欣賞名畫；戴天禾有良好的國學素養，對藝術更是博聞廣見；另外兩位主修藝術的嚴喆民與莊惠瑾，除了對藝術學有專精外，對設計更有獨到心得。由這一群對藝術又懂又愛的人來執筆寫藝術大師的故事，不僅小朋友，我這個「老」朋友也讀之百遍從不厭倦。我真正感謝她們不惜時間、心血，投入為孩子寫作的行列，所以當她們對我「撒嬌」:「哇！比博士論文花的時間還多」時，我絕對相信，也更加由衷感謝，不僅為孩子，也為像我一樣喜歡藝術的大孩子們，可以欣賞到如此圖文並茂，又生動有趣的童書欣喜。當然，如果沒有三民書局的支持、用心仔細的編輯，這一套書是無法以如此完美的面貌出現的。

讓我們一起——老老小小共同享受閱讀之樂、文學藝術之美，也與孩子們一起留下美好的閱讀記憶。

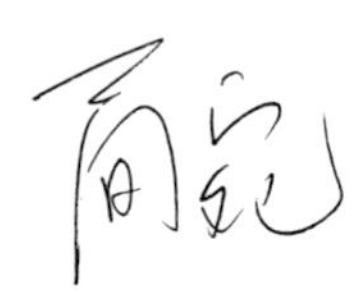

作者的話

方方的格子，一塊紅一塊藍，斜斜的一塊還有一點黃。這算哪一門子的畫？

你可別笑，那就是「蒙德里安式」的畫。

當然，現在很多人拿它來當包裝紙用，還算蠻有品味的，可是蒙德里安當年開畫展的時候，大多數的人也像你一樣，心裡有同樣的問號。不過，蒙德里安很會「蓋」，他可以把自己的畫論說得比他畫的畫還要「夠瞧」的。因為他是個學者型的藝術家。

我從前讀過一篇法國小說〈你見過一條河嗎？〉。小說裡提到一個畫家開畫展的時候，人家問他畫的是什麼，為什麼沒有人看得懂？那個畫家就向那個滿頭霧水的發問者噴了一口煙，然後慢條斯理的問道：「你見過一條河嗎？」一看就知道那是一篇諷刺抽象畫的小說。

其實抽象畫的原理並不胡鬧，它自有一套很哲學的學問，只是作畫的人有的真的是在胡鬧。

如果你能認真讀讀蒙德里安的「新造型主

義」，你會發覺他的思想跟我們的老子、莊子很相近呢。他的畫，好像是一種「無為而治」的畫。

蒙德里安雖然是個生活非常簡樸呆板的人，可是他在繪畫上卻勇於革新。不要心存偏見喲，像他常常令人吃驚的舞步一樣，他畫中的機械式的方塊也都是很會跳舞的，你看得出來嗎？

喻丽清

喻麗清

臺北醫學院畢業後，留學美國。先後在紐約州立大學、加州大學柏克萊分校任職，工作之餘修讀西洋藝術史。現定居舊金山附近。喜歡孩子，喜歡寫作和畫畫。雖然已經出過四十多本書了，詩、小說、散文都有，但她覺得兩個既漂亮又聰明的女兒才是她最大的成就。

Mondrian

蒙德里安

Piet Mondrian

1872~1944

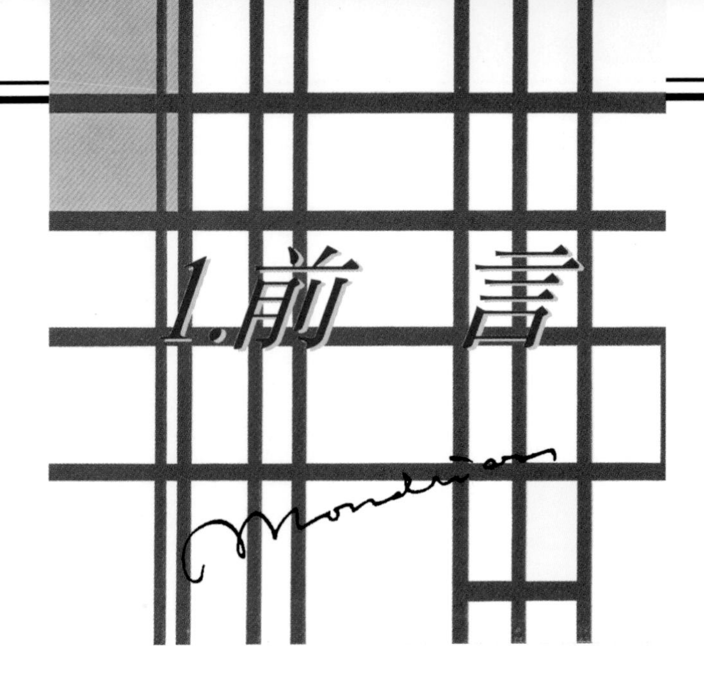

1.前言

在一般人的觀念裡，抽象畫好像已經變成了「看不懂」的代名詞。每個人看到抽象畫就搖頭，不以為然。

如果你畫了張畫，拿給人家看，人家說：

「你畫的是什麼，抽象畫啊？」

我想你大概也知道，他不是在稱讚你而是在諷刺你。

前幾年，英國有個美術館舉辦一次抽象畫比賽，有很多很多人參加，請來的評審先生們也都不是馬馬虎虎的，他們都是滿有學問的人。結果，得獎人裡頭，有一位是個十歲不到的小朋友。

這一下，抽象畫又成了熱門的大笑話了。

紅藍組曲　1936 年（油畫、畫布　98 × 80.5cm　德國司徒加國家畫廊藏）

大家覺得：連小孩都可以得獎，這不是在胡鬧嗎？可見，抽象畫就是一種胡鬧的繪畫。你覺得呢？

其實，抽象畫，當初並不是因為

哪個「活得不耐煩」的畫家要標新立異才胡搞出來的。實在是因為一八三九年，照相機發明了，畫家們不得不重新想想繪畫的前途。

畫就是畫，它為什麼一定要畫什麼像什麼呢？要那麼像的話，還不如用相機拍了。於是，許多有思想的畫家們，就像在實驗室做實驗一樣，剝洋蔥似的把畫畫的外在因素一樣一樣的抽掉，剩下一個核心，他們說：要還繪畫一個本來的面目。也就是說：畫畫，不必有什麼文學性、說明性、象徵性、意義性，為畫而畫就好了。因此，號稱是一種「純」美術的抽象畫就這樣產生了。

如果你到顯微鏡底下去看看，什麼石頭的紋理啦，樹葉的葉脈啦，細胞的構造啦……等等，看起來不也都像是一幅幅的抽象畫嗎？但是，學科學的內行人，他們可並不覺得看不懂呢。同樣的道理，抽象畫，它雖然不像「畫」，引起人們的爭議，但是它好像在一個很沉悶的美術教室裡給我們又推開了一扇窗子，讓新鮮空氣流了進來。

你想，愛因斯坦當初把能量用一

個方程式來表達，一般人不也是覺得很不可思議的嗎？能量是個看不見摸不著的東西，居然用 $E=MC^2$ 就可以算出來了，這有多麼奇妙啊。那麼，對於抽象畫，你雖然看不懂，是不是也不應該看不起呢？因為，說到二十世紀的藝術，是一定要提到抽象畫的。而提到抽象畫呢，我們就不能不知道蒙德里安了。他是「新造型主義」的創始人。

自畫像　1918 年
（油畫、畫布　88 × 71cm　荷蘭海牙市立美術館藏）

2.跟叔叔一同去寫生

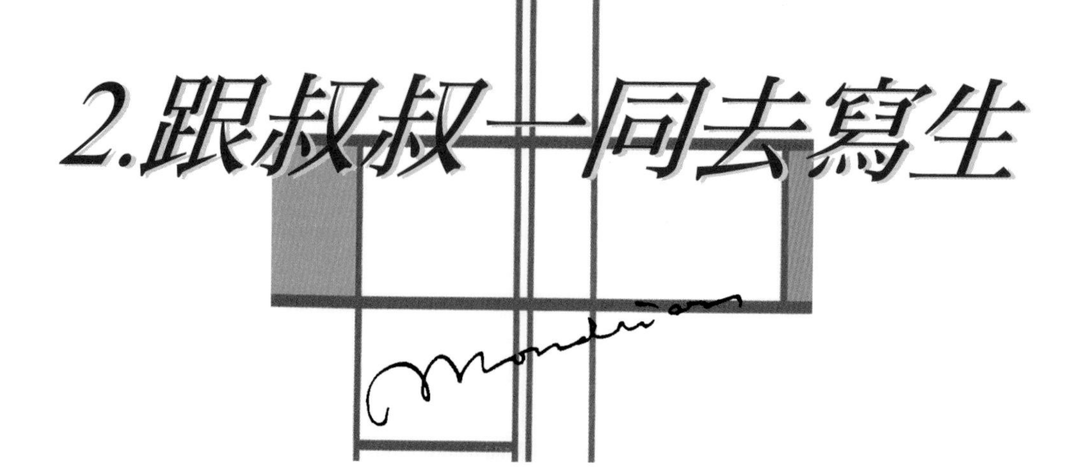

蒙德里安，一八七二年春天，生於荷蘭中部的一個小城。

荷蘭這個國家很特別，它有百分之四十的土地是低於海平面的，全國渠道密佈，像個水國。有水有樹又有水中倒影的地方，能不出幾個藝術家嗎？

這個蒙德里安的祖國，不但出了些有名的藝術家，而且是世界級的大師，像畫人物有名的林布蘭，畫風景有名的維梅爾。當然，現在一般人一想到荷蘭畫家，最先想到的大概是梵谷。不過，蒙德里安生下來時，梵谷還在修道院裡，想當傳教士呢！

蒙德里安，下有四個弟弟，上有一個姐姐。在中國，身為長子，好像爸爸媽媽總是比較寶貝些，可是為了要給弟妹們做個榜樣的緣故，他所受到的「管訓」也特別多。在荷蘭這個保守的國家，也是一樣。那時候重男輕女，蒙德里安雖然有個姐姐，但他那個當小學老師的爸爸還是整天盯著他。

蒙德里安的父母信教信得非常虔誠，蒙德里安還沒上學前就已經會背很多《聖經》上的經文了。每個星期天，他都穿得像小紳士似的，雪白的小襯衫、黑短褲黑鞋、長到膝蓋的雪白襪子，一到了教堂，他兩隻小手合起來，跟著大人一塊兒禱告，那模樣兒誰見了都要說一聲：「好乖、好可愛的孩子。」

他的父親除了要他規規矩矩的當個好寶寶之外，還經常對他說：

「我希望你長大了，不是當牧師就是當老師。世上只有這兩種職業是高尚的。」

八歲的那年，父親調升為小學校長，因此，他們全家搬到距離德國邊界只有十公里遠的一個小鎮去。不像他以前住的中部地區那樣單調了，這兒的景色非常美麗，而且離海不遠。

直線的韻律　1936-1942 年（油畫、畫布　98.1 × 129.9cm　私人收藏）

這是蒙德里安的代表作，你如果把這張畫看成是一張地圖，畫裡的線條看成是荷蘭的運河，就很有意思了。蒙德里安就是在這樣水平與垂直的大小運河的分佈中長大的。當然，像這樣的解釋，蒙德里安生前要是知道，一定會氣得跟我們絕交。因為他的理論是：畫不必「像」什麼，不必是大自然的模擬，它本身就是「自然」。

蒙德里安最喜歡去看海邊的燈塔和碼頭，而且騎著單車，就可以「出國」出到德國去。

因為家裡管教太嚴格，蒙德里安變得非常的內向。他很害羞，不愛說話，男孩子們喜歡的運動，他一樣也不行：賽跑，他跑不快；丟球，他老是接不住。他常常害怕把衣服弄髒、帽子弄歪了，回去爸媽要罵。

世上好像有兩種人：一種是像動物那樣愛動的，一種是像植物那樣愛靜的。他覺得自己是個像植物那樣的人。還好，他很喜歡騎單車，下了課帶著最小的弟弟出去騎單車，就是他唯一的娛樂。

但是，自從搬到海邊，蒙德里安就可以時常見到他的叔叔。

叔叔簡直就是他的偶像，叔叔畫的風景畫在當地是小有名氣的。叔叔雖然很窮，可是在蒙德里安心中，叔叔自得其樂，好像生活得比爸媽那一板一眼的日子有意思多了。

為了寫生，每個暑假叔叔都會到蒙德里安的家中小住。這時，蒙德里安就會騎著他的單車，小跟班似的，跟著叔叔去寫生。

叔叔給他特別做了一塊小木板，上面附有兩個小夾子，可以把畫紙夾住，不會給風吹得亂動。叔叔畫時，他也在一旁練習素描。一直到老，蒙德里安最愛的也還是素描。

大概是有點兒潔癖吧，他喜歡那簡單的線條，乾乾淨淨的。他也喜歡畫畫，在紙上一面看一面想，安安靜靜的創造出一個屬於自己的天地。而這個天地，沒有了父親的統治，他覺得連呼吸都暢快多了。

由於內向，蒙德里安用腦子思考的時間，往往比動手的時間多。這一點，倒是非常的像中國畫家。叔叔告訴他：

中國畫家講求「胸有成竹」，胸中的山水和腦子裡的思維要日積月累慢慢形成，可是畫起來卻三筆兩筆的幾下子就可以完成了。

中國的畫家說，畫中的山水並不一定非得是真的山水，而是他們觀察了很久之後留在心中的印象，後來又跟他的人生哲學都渾然打成一片之後的山水。

沒想到，後來蒙德里安的抽象畫也多半如此。他的思路走得很慢，但

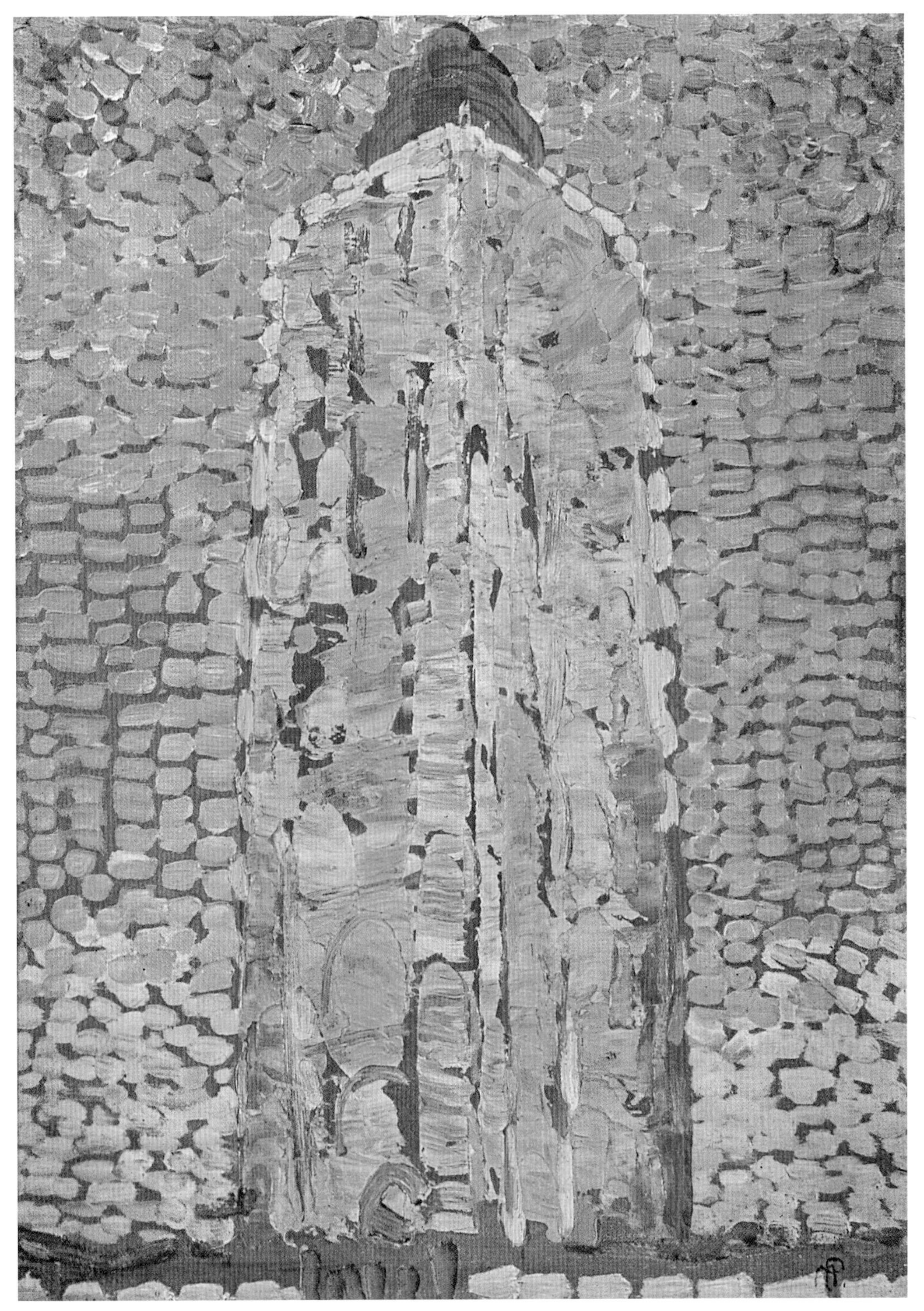

燈塔　1910 年

陽光下的風車　1908 年（油畫、畫布　114 × 87cm　荷蘭海牙市立美術館藏）

畫起來卻很快。

當他一面看著叔叔在調色板上試圖調出跟大自然最接近的色彩時，他就一面在想：「畫得這麼像，難道是為了叫別人一看就認出來這是我們這兒的風景嗎？要是有別的地方的風景比這兒的更美，那麼叔叔畫的不是就沒有什麼價值了嗎？」

但是，他可不敢問，因為他很希望自己長大了能像叔叔一樣以畫畫為生，要是亂問一通，給父親知道了，父親一定不會放過這教訓他的機會，要叫他當牧師去的。

十六歲那一年，蒙德里安的父親終於還是跟他攤了牌。

有一天，蒙德里安正要說服弟弟給他當模特兒，他叫弟弟拿把掃帚作掃地狀，弟弟不大情願，他正想跟弟弟談交換條件，這時候卻聽到父親忽然問他：

「你究竟要不要去作牧師？」

蒙德里安放下畫筆，十分膽怯的回答：

「不要。」

父親雖然很失望，但還是耐著性子說：

「那就當老師，也好。」

蒙德里安本來想說：

「我不能當個畫家嗎？」

可是，他實在沒有勇氣，只好改口說：

「我想去教畫畫。可以嗎？」

父親想了好一會兒才說：

「也好，只要你能取得一張教學證書，教什麼都可以，反正別讓我為你將來的生活操心就好了。」

蒙德里安沒想到這麼容易就過了父親這一關，高興得不得了。可是，接下來要考到一張當老師的執照，卻非常的不容易。因為蒙德里安畫畫全靠自修，怎樣去跟別人競爭呢？但他心意已定，趁父親尚未變卦之前，他決定全力以赴。

他立刻寫信告訴叔叔，請叔叔幫他「惡補」。

就這樣埋頭苦幹了一年，他十七歲時考到了一張當小學美術教員的證書，二十歲時又通過了當中學老師的證書。

這兩張證書，他後來到巴黎、到英國、到美國，始終都帶在身邊而且保存得很好。

農家風景　約 1906 年（油畫、畫布　85.5 × 108.5cm　荷蘭海牙市立美術館藏）

這是一張蒙德里安早期的油畫作品。線條和圖案，就是他的音樂、他的詩。

當然，一方面因為這兩張證書，得來並不容易，就是真的學藝術的人也不一定通得過考試，何況他還有兩張，他心裡一定是很以此自豪的。另一方面，每當有人要譏笑他的抽象畫是在胡說八道時，他就可以拿出這兩張法寶來證明他對傳統的繪畫也是有著深厚而實在的基礎的。

靜物一號　1911-1912年（油畫、畫布　65.5 × 75cm　美國紐約古根漢美術館藏）

靜物二號　1912 年（油畫、畫布　91.4 × 120cm　荷蘭海牙市立美術館藏）

這兩幅油畫，同樣題材，不同手法。一是傳統畫法，一是立體派畫法。並且，這是他到巴黎後，第一次改變他的簽名式，他把他名字中的兩個 A，去掉了一個，表示他力求改變的決心。

3.愛跳舞的拘謹藝術家

蒙德里安現在可以當老師了，但是他卻越來越想做個專業的畫家。二十歲的時候，終於進了阿姆斯特丹藝術學院。他在阿姆斯特丹藝術學院念書時，林布蘭畫派當道，而梵谷剛去世但還沒有成名。

他在那學院裡把各種繪畫的技法練得很純熟。

畢業後，他一度以畫教科書中的插圖為業。畫哪一類的教科書呢？科學的，尤其是關於細菌學的描述，他畫過許多。也許，這對他後來走向抽象的道路不無影響，不過，那時候他還不知道自己將來會成為一個怎樣的畫家。

除了畫教科書，他也因為在校成

績優異，常被推薦去替一些富有的德國商人畫些世界名畫的複製品。這個錢很好賺，但是卻使他對傳統的畫作起了厭倦之感。

傳統的畫作，他雖然已失去了興趣，但是研究宗教的熱誠，卻使他讀起哲學來了。

他不但讀佛教和印度教的思想，對於演化論、史賓諾沙的泛神論，以及很多中國的老莊哲學，他都喜歡。

蒙德里安，基本上是個學者。表面上看起來，古板固執，自律甚嚴。其實，他的內心是很有藝術氣質的，

池畔　1897-1898年
（水彩、畫紙　64 × 47cm
荷蘭海牙市立美術館藏）

只是從小受到的約束太厲害了，以至於他怎麼也瀟灑不起來。

雖然他深受畢卡索的影響，但跟畢卡索的個性卻大大的相反。畢卡索活躍，朋友多，女朋友尤其多。但是蒙德里安拘謹沉默，要碰到志趣相投的人，他才會跟人家說個不停；要是碰到他不喜歡的，人家好心去他的畫室看望他，他可以一言不發，把人家窘得半死。所以他朋友少，女朋友就更別提啦。

其實，瞭解他的人，都知道他有兩樣怪癖，充分證明他那藝術家的本質：

一樣是他的畫室裡，家具非常非

蒙德里安在巴黎的畫室 1926年

蒙德里安在巴黎的畫室入口處　1926年

簡單、規律，幸虧有鮮明的顏色來沖淡了「冷感」。但蒙德里安的畫室入口處卻總插著一朵花，讓人看見他也有羅曼蒂克的一面。

常少，但他經常都插著一朵花。

還有一樣更古怪：所有的運動，他都不愛，偏偏愛跳舞。如果有人約他去跳舞的話，那他任何事都可以丟下不管的。這一點，令他所有的朋友都大惑不解。害羞的他，只要一下了舞池，簡直像變了一個人。可惜，他的舞姿並沒有多少人能夠欣賞，他的女朋友們反而最怕跟他去跳舞。你想嘛，他瘦得像根竹竿，面孔嚴肅得像包青天，再怎麼跳都「熱」不到哪兒去的樣子，有誰要作他的舞伴呀？可憐，到後來，只有他朋友的太太才肯跟他一起跳舞了。

還有一次，為了追求他繪畫班上的一個女學生，他硬著頭皮跟她去騎馬，結果他不但由馬上摔下來，而且摔進海裡，回家就得了肺炎，差點兒沒把命給送掉。自此以後，他就更加內向，更不愛活動了。他追女孩子，跟他畫畫一樣，也非常的努力，但是往往努力過了頭，所以始終沒有人肯嫁給他。

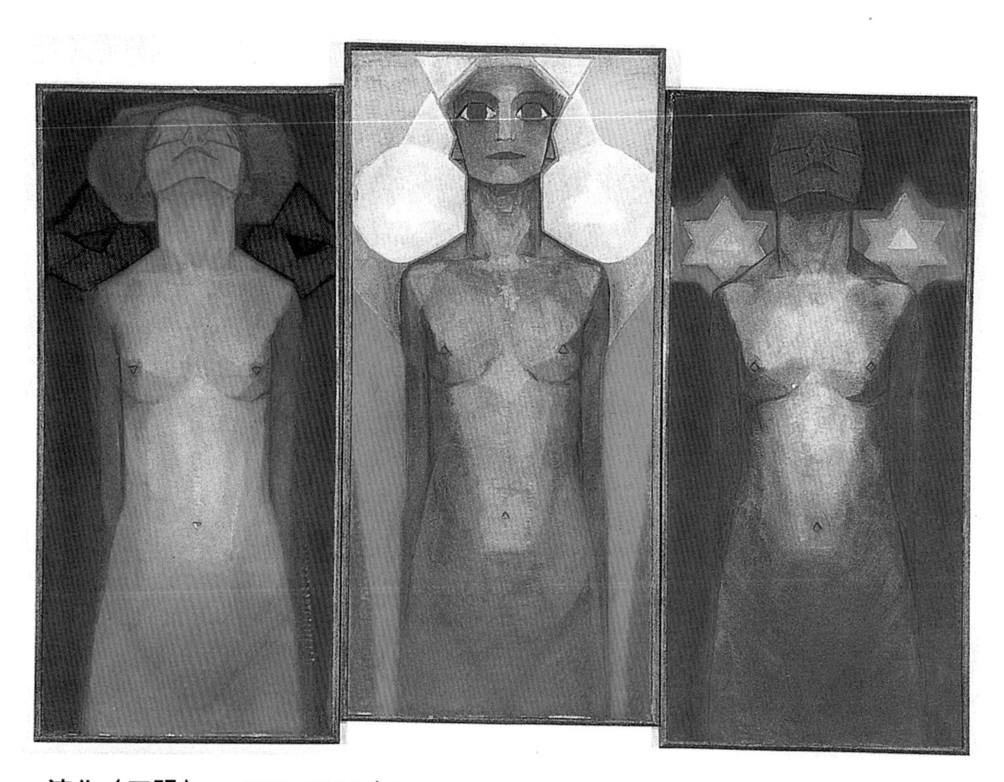

演化（三張）　1910-1911 年（油畫、畫布　178 × 85cm、183 × 87.5cm、178 × 85cm 荷蘭海牙市立美術館藏）

蒙德里安很少畫人，尤其是女人。這張畫是三段式的連作，畫分三幅，但意義是不可分的。題為「演化」，是一種物質與精神，陰性和陽性的相互演變成為一體的意思，跟他信奉的宗教有關。這是他去巴黎之前的作品。

4.巴黎的魅力

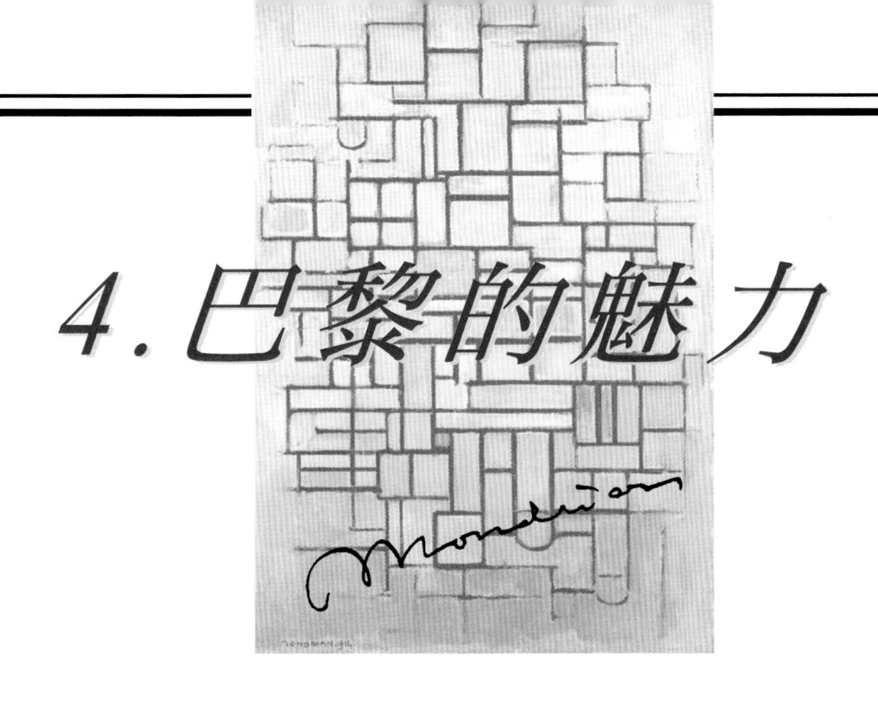

蒙德里安年輕的時候，去過比利時，也去過西班牙，但是，像他這種個性的人，當然是只會喜歡自己的家園的。可是，有一次塞尚的畫到荷蘭的海牙市立美術館展出，蒙德里安特地跑去看，他看了又看，去看了好多好多次，從塞尚那兒他受到了很大的啟發，使他一反常態，竟非常的嚮往起巴黎來。

蒙德里安比畢卡索大了十歲。當畢卡索在巴黎跟布拉克從事立體派創作時，蒙德里安在荷蘭已經有了相當的地位。但是，一方面經濟上並不寬裕，一方面也是個性的問題，要他搬去法國談何容易？

剛好，有一位一直以來非常欣賞

蒙德里安的藝評家，在巴黎有一間小公寓還一直保留著，那是這位藝評家在法國為荷蘭一家報社當特派記者時住的。當時的巴黎，是全世界的藝術中心，畫家們多極了，他一聽說蒙德里安很想去巴黎見識見識時，就很高興的鼓勵他去，並且跟他說：

「我在巴黎有間小公寓可以借給你住。小是小了一點兒，但是給你作畫室用嘛，足夠了。」

蒙德里安一向是個看重靈魂而不看重物質的人，所以他的生活過得像顏回一般。他畫室之簡陋，衣食之素樸，讓初相識的人還以為他是個苦行僧呢！你看，他雖然讀書讀那麼多，可是，他的屋子裡是一本藏書也找不到的。所以那位寫藝評的朋友才這麼說。

蒙德里安當然高興得要跳起來，簡直是上天特別安排似的。他歡天喜地就去了法國，那時他已經三十九都快四十歲了。

那時候的巴黎，百花齊放，藝術家分成許多派，各派有各派說法，沒有主見的人真會亂了陣腳，但蒙德里安不是的，他到巴黎時已經不那麼年

蒙德里安和他在巴黎的畫室
1926年

輕，加上他本來就是個穩健的人，所以他一點也不急著推銷出自己，反而冷眼靜觀，吸收他們各派的精華，而後才結晶出他自己的新學說來。

他一直都不大喜歡以莫內為主的印象畫派，到了巴黎，又看到所有風景好一點的地方，天天有人豎著畫架在那兒畫印象派的畫，他就更不想從俗了。但是，對於後期印象派中的塞尚，他卻十分尊崇。

對於科學化的色彩分析，他有興趣，可是又不喜歡把物體分解得支離破碎，而代以更綜合的觀點，回復到

構成六號　1914 年
（油畫、畫布　88 × 61cm
荷蘭海牙市立美術館藏）

東西的實在性。

他還要找更單純一點的繪畫。

他的野心，是要找出一個像科學上的方程式，像音樂上的五線譜那樣一個「簡單的繪畫法則」，使它變成世界通用的美學上的語言。

最後，他想到了：用最簡化的造型（尤其是幾何圖案）和知性，來代替描寫實物或氣氛，而它又比象徵主義——以造型來說明概念——更放棄了感覺。

這時候，他深深的相信：「藝術不是要複製那些看見的，藝術是要創造出你要別人看見的。」為了表示要繪畫單純化的決心，他連在畫上的簽名都改了。以前，他的名字上是有兩個A字的，到巴黎之後，他刪去了一個A字。

蒙德里安後來就把他自己發明的一套美學原理，叫做「造型語言」。他是第一個寫他的思想比畫他的畫還要多的藝術家。

他覺得：大自然是一個超自然的世界，除了有形，還有一種秩序美、韻律美。

他說：「樹是直的，海是橫的。直角是一切平衡的基石。」而他的顏色像一個個單音而無和音。

蒙德里安還認為：無論是在生活上，或者是在畫畫上，只有和諧——內在的和諧，才是我們應當追求的。

水平的樹　1912年（油畫、畫布　65 × 81cm　美國猶提卡莫森—威廉—波克特藝術中心藏）

蒙德里安說：「樹是垂直線，海是水平線，直角是一切的基石。」但是，這一張他畫的卻是「水平的樹」，很有意思。這可能是投影在水中的樹吧。

他也說過：樹代表陽，海代表陰（中國人的陰陽觀念明白顯示在他的思維過程當中）。樹又可以代表物質，而海則可以代表精神。這垂直和水平，陰和陽，物質和精神，所合成的大和諧就是藝術的宇宙性。

而最簡單的色，和最簡單的形，合成的最和諧的效果，才是最美的「人造自然」。

你別小看他胡思亂想強詞奪理似的，「抽象」得叫人一頭霧水，現代的建築，現代的美工設計，講究外在的線條簡單而內在的空間很大，色彩明快造型單純……等等，這些「造反有理」的革新，都是受他的影響呢。

不過，在當時，他跟別人討論起來，也有很多人認為他的神經不大正常。好在，跟他想法一致或被他說服的也不乏其人。像俄國的畫家康丁斯基，美國的動感雕塑家卡爾德，都到過他那小小的巴黎畫室，聽過他說的「複雜的簡單論」。

他一九一一年到巴黎，如魚得水般過了三年，忽然接到父親病重的消息，他只帶了幾張還沒畫好的畫稿就連夜趕回荷蘭去了。然而，就在他回老家沒有多久，父親去世，世界大戰爆發，他想回巴黎去把重要的畫作搬回來的機會都沒有了。就這樣毫無準備的又回到荷蘭，一待又是四年半。

這時的蒙德里安，跟故鄉有點脫節，但真正來往的反而是他的知音。他孤獨但不寂寞，教畫之外，天天去畫他最愛的兩樣東西：樹和海。一系列的海洋，一系列的樹，就在此時完成。而他的「新造型主義」：抽象畫的起點，也在思想中呼之欲出。

蒙德里安不但愛畫海，他還常在畫海的素描本子上為海寫下很美的詩句。他曾經寫過：

恰恰是正午
波濤閃耀著如火的光芒

海洋——不斷重新開始的海洋
閃亮的寧靜
向上昇起的景觀
是我哀思的停頓後
多麼好的報償

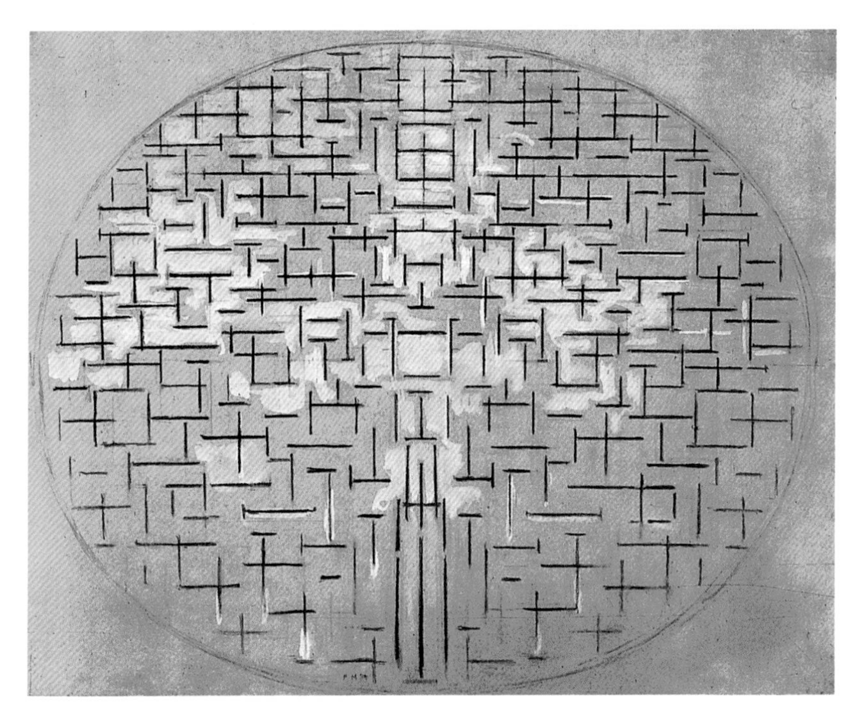

海洋和碼頭　1914 年（炭筆、水彩、畫紙　87.9 × 111.2cm　美國紐約現代美術館藏）

這張畫，如果你仔細看就會看出正南方（圖下方正中）的確有個碼頭。當你站在碼頭看大海時，那閃閃的波光不就像這樣子的嗎？最後，你被大海包圍了，海的波光吞沒了一切，因之全世界也就不過化成了某種組成罷了（後來，連題目也成多餘了）。

5.風格雜誌的創刊與新造型主義的誕生

「事物的表象帶給我們喜悅，但事物的內在卻帶給我們生命。兩者合一，才是創造。」這又是蒙德里安的名言。

蒙德里安寫得一手好文章，對自己畫作的解說十分的精彩。因此，當他一回到老家，馬上就被當時荷蘭現代藝術圈裡的名人都斯柏格看中，希望蒙德里安能跟他合作辦一個像我們的《藝術家》這類的雜誌。

後來，雜誌果然辦成了，他們將它命名為:「風格」。

在《風格》成立五週年（一九二二年）時，創辦人之一的都斯柏格在紀念性的社論中，正式封蒙德里安為「新造型主義」之父。

　　蒙德里安是個理論家，他會寫、會畫、會教學生，就是不大會發財。他從來不為名利而畫畫，只為了自己的理想而畫。不過，他比上不足，比下有餘，比起梵谷，他算是命好的。很奇怪，蒙德里安時常會遇見貴人來相助。在他投入《風格雜誌》時，一位寫藝術評論兼收藏家的朋友願意每月付他五十法朗讓他專心畫畫，不必再教畫或愁生活費用。所以，蒙德里安又慢慢存夠了錢，再度回到巴黎。

作品一號　1921 年
（油畫、畫布　96.5 × 60.5cm　德國科隆路得維希美術館藏）

6. 到美國去

他跟巴黎說有緣也有緣，說無緣也無緣。頭一次去，只待了三年就給父親召回荷蘭。等他存夠了錢，這一回是一九一九年，他又到巴黎去。可是，希特勒不久就把歐洲弄得雞飛狗跳的，他又得離開。蒙德里安本來長得清瘦，鼻子下留著一小撮鬍子，看起來真像希特勒，後來趕緊把鬍子刮了，跑到英國去。他在英國只住了兩年，就去了美國。

藝術跟宗教有點相近的地方：只要你說得出叫人信服的道理來，使得一大群人跟著你的腳步前進，你那一派就成立了。蒙德里安把「風格」的抽象理念，帶到了紐約。

在美國他是很受歡迎的。那時候

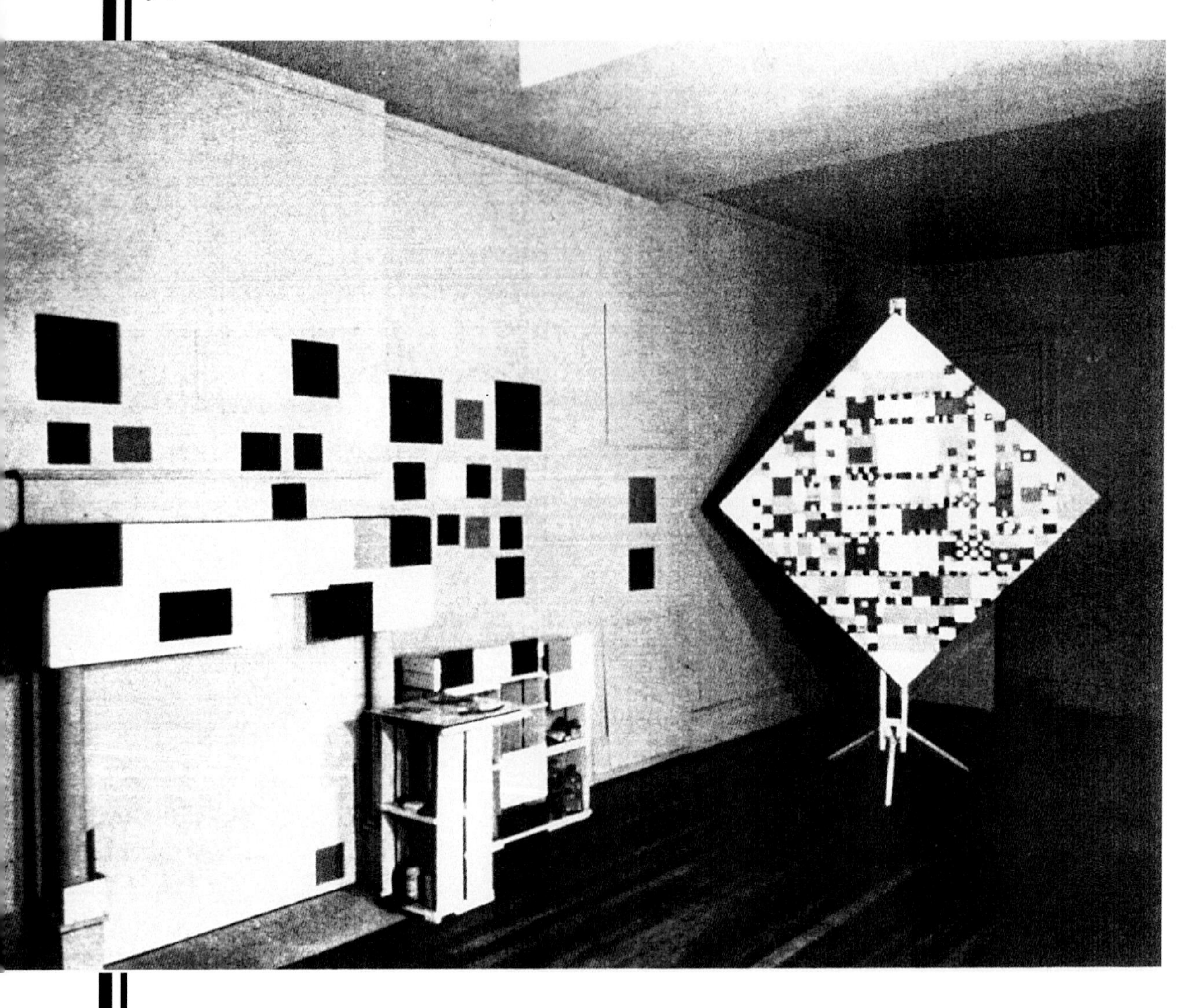

蒙德里安在紐約的畫室

他的家具跟牆和他的畫都是渾然一體的。蒙德里安就是在這畫室中去世的，享年七十二歲。朋友來看他，他就倒在那張題為〈勝利的布吉伍吉〉旁，手裡還握著畫筆。

他活得像個哲學家，死得像個不折不扣的畫家。最有趣的是他最後的兩張遺作，都叫做「布吉伍吉」(Boogie-Woogie)（〈百老匯的布吉伍吉〉和〈勝利的布吉伍吉〉），愛跳舞的人都知道，那是一種爵士舞曲的名字！

歐洲在戰爭中，許多藝術家都到美國來了。他們聚集在紐約，像蒙德里安這般德高望重的藝術家當然是很有吸引力的，年輕的畫家們尤其喜歡他。因為他年紀雖然不小，但他的思想卻很新。

你可以說他是一個會畫畫的哲學家，你也可以說他是一個有哲學思想的畫家。

有藍色的構成，二號　1939-1942 年（油畫、畫布　72 × 69cm　英國泰德現代美術館藏）

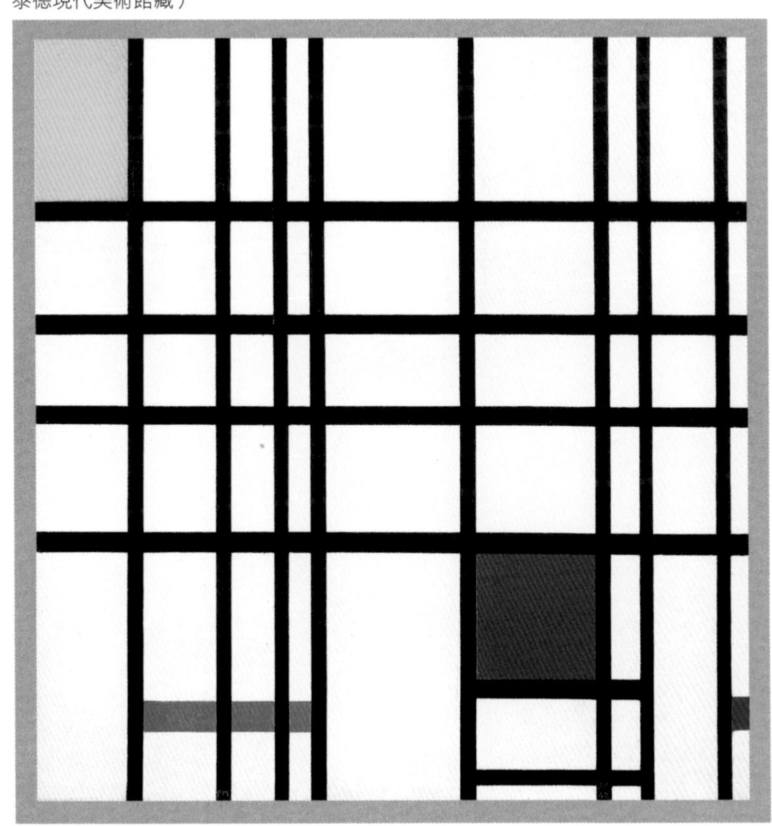

論畫，他想要去繁化簡；在生活上，他也一切從簡。他像顏回一樣安貧樂道。

任何到過他畫室去的人，都會很驚訝。他屋裡簡直沒有一樣可以算是多餘的東西。他的家具，有時候就是幾個木頭箱子堆疊而成。

但他在一切從簡中，仍保有著他一貫的「單純的」情趣——他喜歡把牆和家具都塗上他所提倡的三種基本原色（紅，黃，藍），再用他慣用的水平和垂直的粗線條（黑或白）來把兩者和為渾然的一體，讓你不細看還真分不出哪是家具哪是牆呢。

在他那兒，節制就是自由，單純就是豐富。在紙醉金迷的紐約，這種畫品與人品合而為一的藝術家，能有幾人？能不叫人景仰？所以他帶去美國的「風格」，不久就推動出紐約的「後現代派」來，對美國的藝壇，貢獻真是不小。

沒有結婚、沒有孩子，就像他自己提出的畫論一樣：要簡化到核心，才是自然。孑然一身的他，跟藝術就更自自然然的和諧到一塊兒去了，其他的，統統留給後人去思考吧！

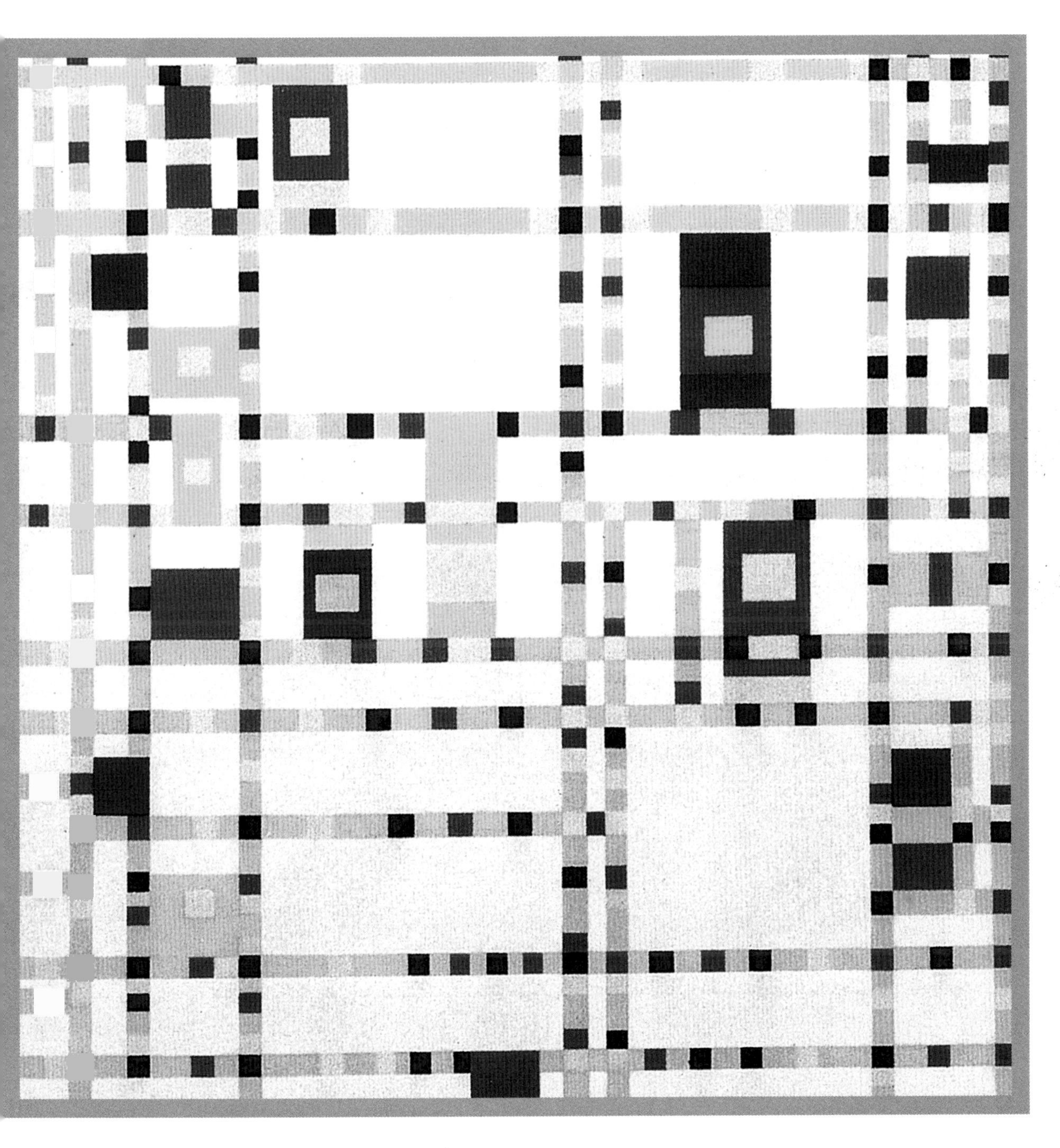

百老匯的布吉伍吉　1942-1943 年（油畫、畫布　127 × 127cm　美國紐約現代美術館藏）

蒙德里安在畫中慣用的粗黑線條，此時一律取消了，但單色的排列組合卻更為繁美豐富。

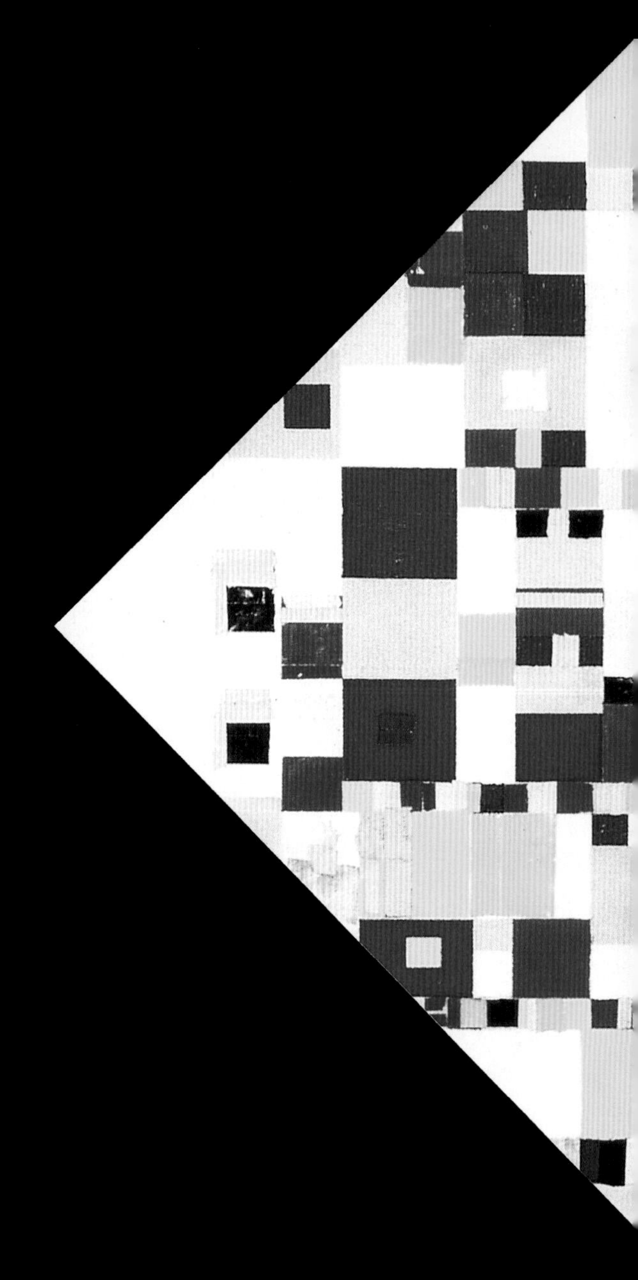

勝利的布吉伍吉　1943-1944 年
（油畫、紙、畫布　對角線 178.4cm　私人收藏）
這是蒙德里安的遺作。

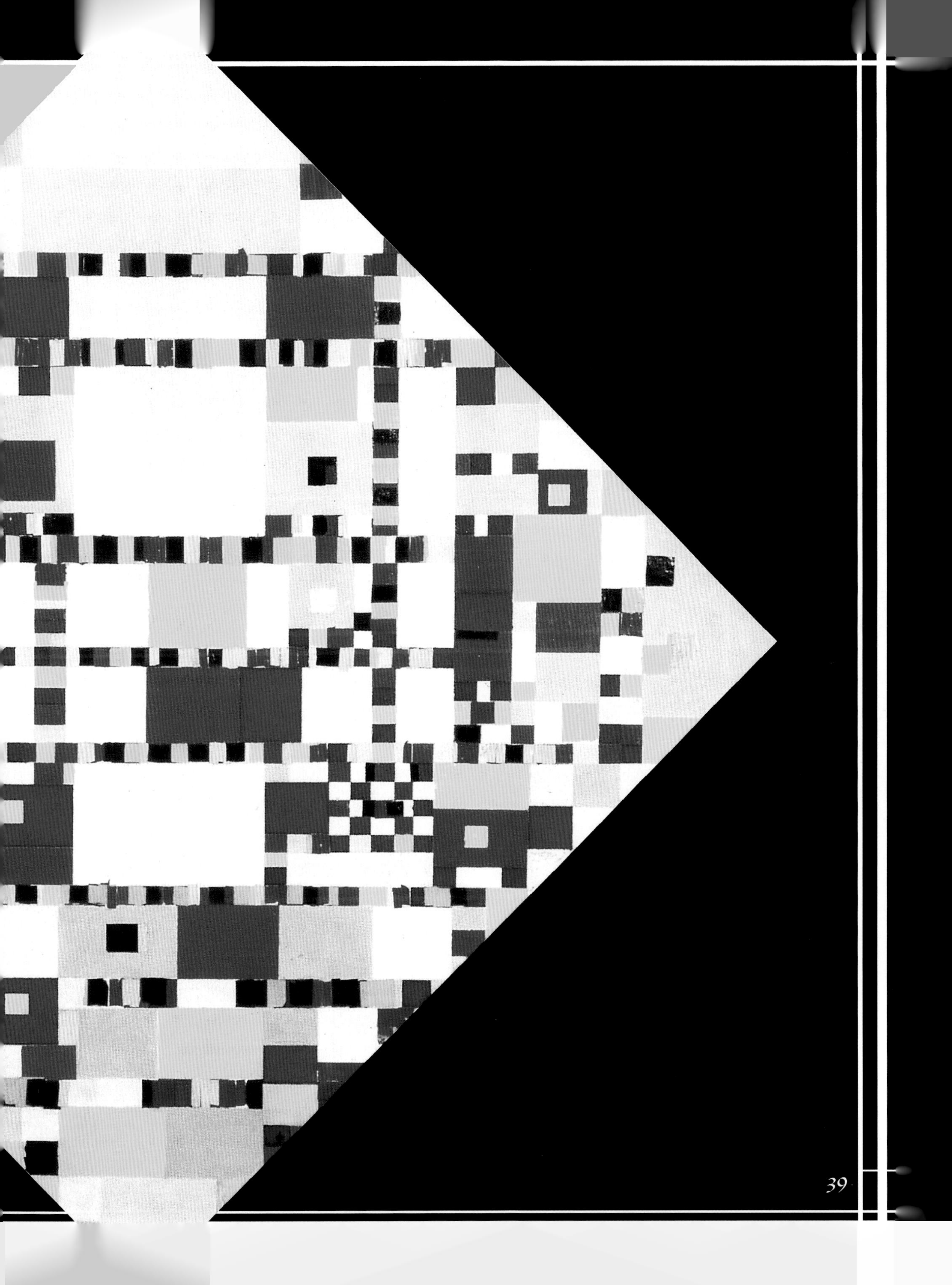

他的畫，說實話，真是單調：要不四四方方一塊塊的，好似不長草的田；要不就是長方長方的，像數學老師給我們出題要我們算算紅色面積比藍色面積大多少似的。

在藝術上，美是美，但是醜也可以是一種美。因為藝術家們說：有個性就是美，沒有個性就是醜。個性，就是特色。蒙德里安的畫，美還是不美，我們姑且不提，可是，只要在美術館，無論是哪一國的美術館，一看到了這種圖案似的「名畫」，馬上就有人會說：「這是蒙德里安的。」

當你一見到方塊似的畫，就可以把它跟蒙德里安來認同的時候，蒙德里安他實際上已經一點都不抽象，而是世上重要的、有特色的畫家了。

蒙德里安這個人，真的一點也不抽象，他不過想用數學和音樂來解釋自己心目中「繪畫的美」而已。看看他的一生，我們還可以給美再多加一個定義，那就是：呆板與堅守，也是一種美，是真善美合一的美。而最有資格代表它的，除了蒙德里安，還有誰呢？

蒙德里安 小檔案

1872 年	3 月 7 日，出生於荷蘭中部的一個小城。父親是小學校長，家教甚嚴。
1886 年	自修繪畫，常跟叔叔去寫生。
1889 年	通過國家考試，取得小學美術教師資格。
1892 年	取得中學美術教師資格。進入阿姆斯特丹美術學院攻讀藝術。
1911 年	到巴黎去打天下。
1914 年	父病重，趕回荷蘭。父親去世，第一次世界大戰爆發，不能再回巴黎。
1917 年	與友人合辦《風格雜誌》。寫一系列畫論。
1919 年	又回到巴黎。
1921 年	放棄一切傳統美學，只用「紅藍黃」三原色作畫。
1922 年	都斯柏格封蒙德里安為「新造型主義」之父。
1938 年	因第二次世界大戰，躲避納粹黨的迫害，搬到倫敦去。
1940 年	逃亡到美國，在紐約定居，很受敬重。
1944 年	2 月 1 日，死於紐約畫室內，倒在其遺作〈勝利的布吉伍吉〉前。

Mondrian